လက်တွေ့ သုံး
မြန်မာစကားပြော

緬甸語名師 **葉碧珠** 著
ဒေါ်ရိရိလွင်

英文翻譯 鄧元婷

急用！
緬甸語
即用短句

Practical Burmese Phrasebook

一本有溫度的工具書

在臺灣，有越來越多的新住民第二代，因為生長環境的關係，對自己父親或母親家鄉的母語不太熟悉，甚至有人完全聽不懂、不會說，而我自己的孩子們也遇到了這樣的情況。

有一年帶孩子們回緬甸時，發現他們想要買東西或和親友溝通，居然無法靠自己的力量完成，也就是不管在緬甸想做任何事情，都需要我在旁邊幫他們做翻譯，結果自己難得回緬甸，還是要隨時隨地被孩子們綁住，感到非常不方便。當時便想，若是能有一種翻譯軟體，可以將緬甸語翻譯成中文、中文翻譯成緬甸語，那該有多好！

當年我在緬甸也有類似的經驗。我遇到從臺灣來擔任教育志工和醫療志工的團體，大家都需要精通中緬雙語的人員在旁協助活動進行，實在不太方便。

有一天，我帶著小孩去緬甸的觀光景點時，發現有一些西方來的遊客帶著書上街，不管買東西、問路都不需要他人幫忙翻譯，只靠一本書就可以在緬甸來去自如。我好奇地借來看一下，原來是用英文發音寫成的緬甸語書，書中還附上英文意思，當下就覺得這個主意太棒了！於是，我也想寫一本方便讓臺灣人使用的緬甸語書，可以用注音符號來發緬甸語的音，並寫出中文意思，因此有了出版這本書的構想。

這本書裡的每一句緬甸語都有注音符號輔助發音，不僅寫出緬甸字，也寫出中文及英文意思。在此，我想謝謝我的三個孩子彭紫能、彭宇玄、彭禾，謝謝他們幫忙想出在緬甸會用到的親子對話，也因為注音符號對我來說比較困難，所以本書裡的所有注音符號都是由孩子們共同完成。而書中的英文部分，是由本書的責任編輯鄧元婷小姐擔任翻譯工作，在此也致上謝意。另外，我也想謝謝緬甸華文教育服務團的志工們，協助我發想教育志工常用的句子，以及滕起民牙醫診所的黃信凱醫師，對醫療短句提供許多寶貴意見。最後，特別感謝迦葉禪寺的師傅，協助我完成佛教用語的挑選及解說。

　　很希望藉由這本書，能夠幫助臺灣去到緬甸的親子團、志工團、旅遊團。如果人人手上都有這本隨身能攜帶、隨口能溝通的緬甸語書，因而減少中緬之間的語言隔閡，增進文化及人與人之間的交流，那將是我最開心的事情。

沒學過月亮文字，也想要立即開口說緬甸語嗎？沒問題，《急用！緬甸語即用短句》了解你的需求。

本書針對不同情境，整理出 11 類單字及 5 大類短句，不論前往緬甸探親、壯遊、義診或進行志工交流都好用！

更特別的是，書中的字字句句都附緬甸語、注音輔助發音、中文及英文。快來看看如何善用這本有溫度的工具書吧！

STEP 1「掃描音檔 QR Code」：
在開始之前，別忘了先找到書封右下角的 QR Code，拿出手機掃描，就能立即點聽書中所有音檔喔！（請自行使用智慧型手機，下載喜歡的 QR Code 掃描器，更能有效偵測書中 QR Code ！）

STEP 2「找到所需的情境類別」:

想知道眼前的美食會不會辣？哪裡有提供 WIFI ？本書中的單字、短句皆依照不同情境分類，讓你遇到各種溝通需求，都方便查找！

STEP 3「手指緬甸語」:

沒有翻譯人員陪同時，面對當地人，需要立即溝通？這時只要找到所需的句子，手指緬甸語，就能讓當地人能心領神會！

STEP 4「口讀注音」:

自己說出口，不僅溝通有效，成就感更加倍！本書使用臺灣人最熟悉的注音符號輔助發音，讓你能馬上開口，用最貼近緬甸語的發音立即交談！

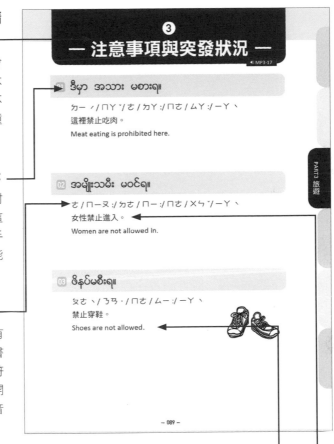

❸
— 注意事項與突發狀況 —

◀ MP3-17

01 ဒီမှာ အသားမစားရ။

カー ╱ ㄇㄚˇ ╱ ㄊ ╱ ㄉㄚˊ ╱ ㄇㄜ ╱ ㄙㄚ ╱ ㄧㄚ ╲
這裡禁止吃肉。
Meat eating is prohibited here.

02 အမျိုးသမီး မဝင်ရ။

ㄊ ╱ ㄇㄧㄡ ╲ ╱ ㄉㄜ ╱ ㄇㄧ— ╲ ╱ ㄇㄜ ╱ ㄨㄣ ╲ ╱ ㄧㄚ ╲
女性禁止進入。
Women are not allowed in.

03 ဖိနပ်မစီးရ။

ㄆㄜ ╲ ╱ ㄋㄢ ╱ ㄇㄜ ╱ ㄙㄧ— ╲ ╱ ㄧㄚ ╲
禁止穿鞋。
Shoes are not allowed.

PART3 旅遊

— 089 —

小提醒:
緬甸語中共有 3 個聲調及 1 個短促音。若以中文的注音符號來說明，3 個聲調分別為：四聲、三聲及重音拉長音。由於中文中沒有重音拉長音，因此本書用「：」來代表。四聲及三聲則用「ˋ」及「ˇ」表示。短促音（停頓的聲音）則用「ˉ」表示。

STEP 5「眼看中文」:

開口說緬甸語的同時，也能眼看中文，隨時確認當下想表達的意思！

STEP 6「再瞄一眼英文」:

若是在緬甸的旅途中遇到了外國朋友，千萬別害羞！再瞄一眼英文，還能順便和世界交朋友喔！

目次

PART 1 實用單字

PART 2 日常生活

PART 1
實用單字

　　本節中，將分類介紹日常生活
中的實用單字。有了這些單字基礎
後，再接觸 PART 2 之後的情境短
句，便可與本節中的單字做搭配、
替換，相信必能助你靈活應用，一
句變多句喔！

❶ ── 數字 ──

🔊 MP3-01

01 ㄅ

ㄅㄧˋ
一
One

02 ㄐ

ㄋㄧˋ
二
Two

03 ㄖ

ㄅㄨㄥ:
三
Three

04 ㄢ

ㄅㄟ:
四
Four

05 ၅

ㄚ：
五
Five

06 ၆

ㄑㄧㄠ˙
六
Six

07 ၇

ㄎㄨㄥˇ（或ㄎㄨㄥˇ／ㄋㄧ˙）
七
Seven

08 ၈

ㄒㄧ˙
八
Eight

09 ၉

ㄍㄡ:

九

Nine

10 ၁၀

ㄉㄜ · / ㄙㄝ ˇ

十

Ten

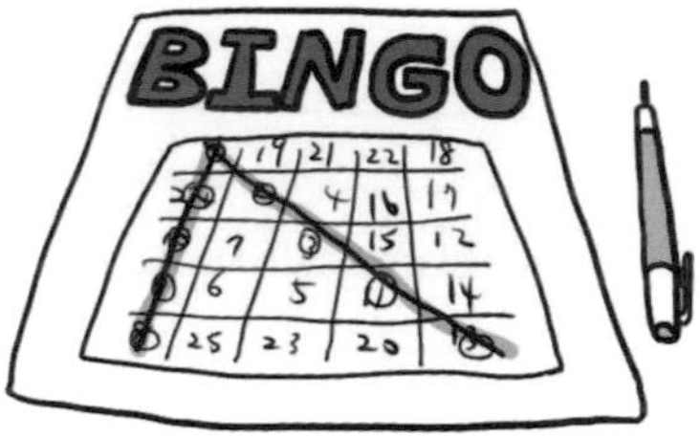

② 天氣

◀ MP3-02

01 နွေရာသီ

ㄋㄨㄟˇ/ㄧㄚˇ/ㄉㄧˇ

夏季

Summer

02 မိုးရာသီ

ㄇㄡ:/ㄧㄚˇ/ㄉㄧˇ

雨季

Rainy season

03 ဆောင်းရာသီ

ㄙㄠ:/ㄧㄚˇ/ㄉㄧˇ

冬季

Winter

04 မိုး

ㄇㄡ:

雨

Rain

05 လေ

ㄉㄟˋ

風

Wind

06 လေမုန်တိုင်း

ㄉㄟˋㄇㄨㄥˇㄉㄞ：

颱風

Typhoon

07 နှင်း

ㄋㄧㄣ：

雪

Snow

08 လျှပ်စီး

ㄉㄧㄝˋ/ㄇㄨ：

雷

Thunder

09 လှျင်

ㄋㄜ / ㄉㄧㄣˇ

地震

Earthquake

10 နေ

ㄋㄟˇ

太陽

The Sun

11 လ

ㄌㄚˋ

月亮

The Moon

12 ကြယ်

ㄐㄧㄝˇ

星星

The Stars

13 သက်တံ့

ㄉㄜ˙ / ㄉㄢˋ

彩虹

Rainbow

③ —— 緬甸著名景點 ——

🔊 MP3-03

01 ပြင်ဦးလွင်

ㄅㄧㄣˊ/ㄨ:/ㄌㄨㄣˇ

彬烏倫

Pyin-Oo-Lwin

02 မင်းကွန်းခေါင်းလောင်း

ㄇㄧㄥ:/ㄍㄨㄣ:/ㄎㄠ:/ㄌㄠ:

明宮大鐘

Mingun Bell

03 အင်းလေးကန်

ㄧㄣ:/ㄌㄟ:/ㄍㄢˇ

茵萊湖

Inle Lake

04 မိုးကုတ်

ㄇㄡ:/ㄍㄡ·

抹谷

Mogok

05 ‌ရွှေတိဂုံ

ㄒㄩㄝˇ / ㄉㄤ / ㄍㄨㄥˇ

大金寺

Shwedagon Pagoda

06 မူဆယ်

ㄇㄨˇ / ㄙㄝˇ

木姐

Muse

07 ‌ရွှေလီ

ㄒㄩㄟˇ / ㄌㄧˇ

瑞麗

Shwe Li

08 ‌ကျိုက်ထီးရိုး

ㄐㄧㄞ· / ㄊㄧ—:/ 一ㄡ:

大金石

Golden Rock

09 ပုလိပ်ကမ်းခြေ

ㄋㄜ˙ / ㄅㄜˇ / ㄌㄧ-ˇ / ㄍㄞ: / ㄑㄧ-ㄅˇ

卡帕里海灘

Ngapali Beach

10 ပုဂံညောင်ဦး

ㄅㄜ / ㄍㄢˇ / ㄋㄧ-ㄠˇ / ㄨ:

蒲甘鳥屋

Bagan-Nyaung Oo

01 ခေါင်း

ㄍㄠ：

頭

Head

02 ဆံပင်

ㄙㄜˋ/ㄅㄧㄅˇ

頭髮

Hair

03 မျက်နှာ

ㄇㄧㄝ‧/ㄋㄚˇ

臉

Face

04 နဖူး

ㄋㄜ/ㄆㄨ：

額頭

Forehead

05 မျက်ခုံးမွေး

ㄇㄧㄝˋ / ㄎㄨㄥ˘ː / ㄇㄨㄟː

眉毛

Eyebrows

06 မျက်လုံး

ㄇㄧㄝ· / ㄌㄨㄥː

眼睛

Eyes

07 မျက်တောင်မွေး

ㄇㄧㄝ· / ㄌㄠ˘ / ㄇㄨㄟː

眼睫毛

Eyelashes

08 နှာခေါင်း

ㄋㄜ / ㄎㄠː

鼻子

Nose

09 နားရွက်

ㄋㄜ / ㄩㄝ·
耳朵
Ears

10 ပါးစပ်

ㄅㄜ / ㄙㄝ·
嘴巴
Mouth

11 နှုတ်ခမ်း

ㄋㄜ / ㄎㄢ :
嘴唇
Lips

12 သွား

ㄉㄨㄚ :
牙齒
Teeth

13 လျှာ

ㄒㄧㄚˇ
舌頭
Tongue

14 မေးစေ့

ㄇㄟːノㄙㄧˋ
下巴
Chin

15 လည်ပင်း

ㄌㄜˇノㄅㄧㄣː
脖子
Neck

16 ပခုံး

ㄅㄜノㄎㄨㄥː
肩膀
Shoulders

17 ရင်ဘတ်

ㄒㄧㄣˇ ㄎㄡˇ
胸口
Chest

18 ရင်သား

ㄒㄧㄣˇ ㄅㄨˋ
胸部
Breasts

19 ခါး

ㄎㄚˋ
腰部
Waist

20 တင်ပါး

ㄉㄧㄢˋ ㄅㄨˋ
臀部
Bottom

21 ပေါင်

ㄅㄠˇ
大腿
Thigh

22 ဒူးခေါင်း

ㄉㄨ:／ㄍㄠ:
膝蓋
Knee

23 ခြေသလုံး

ㄑㄧㄟˇ／ㄉㄜ／ㄉㄨㄥ:
小腿
Shin

24 လက်

ㄉㄝ·
手
Hand

25 လက်မောင်း

ㄉㄝ· / ㄇㄠ：
手臂
Arm

26 တံတောင်ဆစ်

ㄉㄜ / ㄊㄠˇ / ㄙㄧ·
手肘
Elbow

27 လက်ဖဝါး

ㄉㄝ· / ㄆㄜ / ㄨㄚ：
手掌
Palm

28 လက်ဖမိုး

ㄉㄝ· / ㄆㄜ / ㄇㄡ：
手背
The back of one's hand

29 လက်ချောင်း

ㄉㄝ· / ㄑㄧㄠ：
手指頭
Finger

30 ခြေချောင်း

ㄑㄧㄟˇ / ㄑㄧㄠ：
腳趾頭
Toe

31 လက်သည်း

ㄉㄝ· / ㄉㄝ：
手指甲
Fingernail

32 ခြေသည်း

ㄑㄧㄟˇ / ㄉㄝ：
腳趾甲
Toenail

33 ခြေဖဝါး

ㄑㄧㄟˋ / ㄆㄜ / ㄨㄚ:

腳背

Top of one's foot

34 ခြေဖမိုး

ㄑㄧㄟˋ / ㄆㄜ / ㄇㄡ:

腳底

Sole of one's foot

35 ကိုယ်ခန္ဓာ

ㄍㄡˋ / ㄎㄢˋ / ㄉㄚˇ

身體

Body

36 ကိုယ်လုံး ကိုယ်ပေါက်

ㄍㄡˋ / ㄉㄨㄥ: / ㄍㄡˋ / ㄅㄠ·

身材

Body shape

37 ပိုက်

ㄅㄞˋ

肚子

Stomach

38 ချက်

ㄑㄧㄝˋ

肚臍

Belly button

39 အသားအရေ

ㄊ / ㄉㄚː/ ㄊ / ㄧㄟˇ

皮膚

Skin

── 交通工具 ──

🔊 MP3-05

01 စက်ဘီး

ㄙㄜ·/ㄅㄣ:

腳踏車

Bicycle

02 သုံးဘီးကား

ㄉㄨㄥ:/ㄅㄣ:/ㄍㄚ:

三輪車（用引擎）

Motorized tricycle

03 ဆိုက်ကား

ㄙㄞ·/ㄍㄚ:

三輪車（用人力）

Human-powered tricycle

04 မြင်းလှည်း

ㄇㄧㄣ:/ㄉㄝ:

馬車

Horse Carriage

05 နွားလှည်း

ㄋㄨㄚ:/ ㄌㄝ:

牛車

Ox-wagon

06 ကုန်တင်ကား

ㄍㄨㄥˇ/ ㄉㄧㄥˇ/ ㄍㄚ:

貨車

Truck

07 ဆိုင်ကယ်

ㄙㄞˇ/ ㄍㄝˇ

機車

Motorcycle

08 အငှားကား

ㄜ·/ ㄋㄚ:/ ㄍㄚ:

計程車

Taxi

09 အဝေးပြေးကား

ㄜ/ㄨㄟ:/ㄅㄧㄟ:/ㄍㄚ:

長途巴士

Intercity bus

10 Bus ကား

ㄅㄚ·/ㄙㄟ丶/ㄍㄚ:

公車

City bus

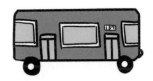

11 မီးရထား

ㄇㄧ:/ㄧㄚ丶/ㄊㄚ:

火車

Train

12 သင်္ဘော

ㄉㄧㄣ:/ㄅㆦˇ

船（用引擎）

Motorboat

13 လှေ

ㄉㄟˇ
船（用人力）
Human-powered boat

14 လေယာဉ်ပုံ

ㄉㄟˇˊ／ー／ㄅˊ／ㄅ一ㄢˇ
飛機
Airplane

15 လက်မှတ်

ㄉㄜ·／ㄇㄜ·
票
Ticket

16 ကားဂိတ်

ㄍㄚ：／ㄍㄟ·
車站
Station

17 ရထားဘူတာ

ㄧㄚˋ / ㄊㄚ: / ㄅㄨˇ / ㄉㄚˇ

火車站

Train station

18 ဆိပ်ကမ်း

ㄙㄟ· / ㄍㄢ:

港口

Port

19 လေယာဉ်ကွင်း

ㄉㄟˇ / ㄧㄣˇ / ㄍㄨㄣ:

機場

Airport

20 မီးပွိုင့်

ㄇㄧ: / ㄅㄨㄞˋ

紅綠燈

Traffic light

6
── 方向 ──

◀ MP3-06

01 အပေါ်

ㄜ / ㄅㄛˇ
上面
Up

02 အောက်

ㄠ˙
下面
Down

03 အလယ်

ㄜ / ㄌㄝˇ
中間
Middle

04 ဘယ်ဘက်

ㄅㄛˇ / ㄅㄛ˙
左邊
Left

05 ညာဘက်

ㄋㄧㄚˇ / ㄅㄜ·

右邊

Right

06 အရှေ့ဘက်

ㄜ / ㄒㄧㄟˋ / ㄅㄜ·

東方／前方

East / Front

07 အနောက်ဘက်

ㄜ / ㄋㄠ· / ㄆㄜ·

西方／後方

West / Back

08 တောင်ဘက်

ㄉㄠˇ / ㄅㄜ·

南方

South

09 မြောက်ဘက်

ㄇㄧㄠ·/ㄆㄜ·

北方

North

顏色

01 အနီရောင်

ㄊ / ㄋㄧ ˇ / ㄧㄠ ˇ
紅色
Red

02 လိမ္မော်ရောင်

ㄉㄟ ˇ / ㄇㄛ ˇ / ㄧㄠ ˇ
橙色
Orange

03 အဝါရောင်

ㄊ / ㄨㄚ ˇ / ㄧㄠ ˇ
黃色
Yellow

04 အစိမ်းရောင်

ㄊ / ㄙㄟ : / ㄧㄠ ˇ
綠色
Green

05 အပြာရောင်

ㄊ / ㄅㄧㄚˇ / ㄧㄠˇ
藍色
Blue

06 နက်ပြာရောင်

ㄋㄜ· / ㄅㄧㄚˇ / ㄧㄠˇ
靛色
Indigo

07 ခရမ်းရောင်

ㄎㄜ / ㄧㄢ: / ㄧㄠˇ
紫色
Purple

08 အဖြူရောင်

ㄊ / ㄆㄧㄨˇ / ㄧㄠˇ
白色
White

09 အမဲရောင်

ㄜˊ/ㄇㄝˇ/ㄧㄠˇ
黑色
Black

10 ခဲရောင်

ㄎㄝːˊ/ㄧㄠˇ
灰色
Grey

11 ကော်ဖီရောင်

ㄍㄜˇ/ㄈㄧ－ˇ/ㄧㄠˇ
咖啡色
Brown

12 နို့ဆီရောင်

ㄋㄡˋ/ㄙㄧ－ˇ/ㄧㄠˇ
乳白色
Milky white

13 ပန်းရောင်

ㄅㄢ：/ 一ㄠˇ

粉紅色

Pink

14 ပန်းရင့်ရောင်

ㄅㄢ：/ 一ㄣ 丶/ 一ㄠˇ

桃紅色

Peach

15 အရောင်နု

ㄜ / 一ㄠˇ / ㄋㄨ丶

淺色

Light-colored

16 အရောင်ရင့်

ㄜ / 一ㄠˇ / 一ㄣ丶

深色

Dark-colored

⑧ —— 緬甸特色食物 ——

🔊 MP3-08

01 လက်ဖက်သုပ်

ㄌㄜ·/ㄆㄜ·/ㄅㄡ·
涼拌茶葉
Tea leaf salad

02 လက်ဖက်ခြောက်

ㄌㄜ·/ㄆㄜ·/ㄑㄧㄠ·
茶葉
Tea leaf

03 လက်ဖက်ရည်

ㄌㄜ·/ㄆㄜ·/ㄧㄟˇ
奶茶
Milk tea

04 အီကြာကွေး

ㄧˇ/ㄐㄧㄚˇ/ㄍㄨㄟ：
油條
Oil stick

05 နံပြား

ㄋㄢˇ/ㄅㄧㄚ:

烤餅

Flatbread

06 ပလာတာ

ㄅㄜ/ㄌㄚˇ/ㄌㄚˇ

千層餅

Thousand layered Pancake

07 မုန့် ဟင်းခါး

ㄇㄨㄥˋ/ㄏㄧㄥ:/ㄎㄚ:

魚湯麵

Burmese fish noodle soup

08 မုန့် တီသုပ်

ㄇㄥˋ/ㄉㄧㄇˇ/ㄉㄡ·

拌麵

Burmese noodle salad

09 ရှမ်းခေါက်ဆွဲ

ㄒㄧㄢ:/ㄅㄠ·/ㄙㄨㄟ:

撣邦麵

Shan noodle

10 ထမင်းကြော်

ㄊㄜ/ㄇㄧㄣ:/ㄐㄧㄛˇ

炒飯

Fried rice

11 ခေါက်ဆွဲကြော်

ㄅㄠ·/ㄙㄨㄟ:/ㄐㄧㄛˇ

炒麵

Fried noodles

12 အရည်

ㄜ/ㄧㄝˇ

湯的

With soup

13 အသုပ်

ㄜ / ㄉㄡ·
乾的
Dry

14 အပူ

ㄜ / ㄅㄨˇ
熱的
Hot

15 အအေး

ㄜ / ㄟˇ
冰的
Iced

01 ချဉ်တယ်။

ㄑㄧㄥˇ / ㄉㄜˇ

好酸。

Sour

02 ငံတယ်။

ㄢˇ / ㄉㄜˇ

好鹹。

Salty

03 စပ်တယ်။

ㄙㄜ · / ㄉㄜˇ

好辣。

Spicy

04 ချိုတယ်။

ㄑㄧㄡˇ / ㄉㄜˇ

好甜。

Sweet

05 ခါးတယ်။

ㄎㄚ :/ ㄉㄜ ˇ
好苦。
Bitter

06 မွှေးတယ်။

ㄇㄨㄟ :/ ㄉㄜ ˇ
好香。
Aromatic

07 နံတယ်။

ㄋㄢ ˇ/ ㄉㄜ ˇ
好臭。
Stinky

⑩

— 科目 —

MP3-10

01 မြန်မာစာ

ㄇㄧㄢˇ/ㄇㄚˇ/ㄙㄚˇ

緬甸語

Burmese

02 အင်္ဂလိပ်စာ

ㄧㄥˇ/ㄍㄜ/ㄌㄟˋ・/ㄙㄚˇ

英語

English

03 တရုတ်စာ

ㄉㄜ/ㄧㄡ・/ㄙㄚˇ

中文

Chinese

04 သင်္ချာ

ㄉㄧㄥˇ/ㄑㄧㄚˇ

數學

Math

05 ဓာတုဗေဒ

ㄉㄚˇ/ㄉㄨˋ/ㄅㄟˊ/ㄉㄚˋ

化學

Chemistry

06 ရူပဗေဒ

ㄧㄨˊ/ㄅㄚˋ/ㄅㄟˊ/ㄉㄚˋ

物理

Physics

07 ပထဝီ

ㄅㄜˇ/ㄊㄜˇ/ㄨㄧ

地理

Geography

08 သမိုင်း

ㄉㄜ/ㄇㄞ：

歷史

History

—— 飯店住宿 ——

🔊 MP3-11

01 သော့

ㄉㄨㄛˋ

鑰匙

Key

02 တံခါး

ㄉㄜ / ㄍㄚ :

門

Door

03 ပြတင်းပေါက်

ㄅㄜ / ㄉㄧㄣ :/ ㄅㄠˋ

窗戶

Window

04 အိမ်သာ

ㄥˇ / ㄉㄚˇ

廁所

Toilet

05 ရေချိုးခန်း

ㄧㄟˇ/ㄑㄧㄡ:/ㄎㄢ:

浴室

Shower room

06 သွားတိုက်တံ

ㄉㄨㄚ:/ㄉㄞ·/ㄉㄢˇ

牙刷

Toothbrush

07 သွားတိုက်ဆေး

ㄉㄨㄚ:/ㄉㄞ·/ㄙㄟ:

牙膏

Toothpaste

08 ခေါင်းလျှော်ရည်

ㄍㄠ:/ㄒㄧㄛˇ/ㄧㄟˇ

洗髮精

Shampoo

09 ဆပ်ပြာရည်

ㄙㄜ · ／ ㄅㄧㄚˇ／ㄧㄟˋ

沐浴乳

Shower gel

10 ပဝါ

ㄅㄜ／ㄨㄚˇ

毛巾

Towel

11 လေမှုတ်စက်

ㄉㄟˇ／ㄇㄡ · ／ㄙㄜ ·

吹風機

Hair dryer

12 ကုတင်

ㄍ ／ ㄉㄧㄣˇ

床

Bed

13 စောင်

ㄙㄠˇ

棉被

Duvet

14 ခေါင်းအုံး

ㄍㄠ：/ ㄥ：

枕頭

Pillow

15 ဖိနပ်

ㄆㄝ / ㄋㄜ·

拖鞋

Slippers

16 အပေါ်ဆုံးထပ်

ㄜ / ㄅㄛˇ / ㄙㄨㄥ：/ ㄊㄜ·

頂樓

Top floor

17 မီးသီး

ㄇㄧ :/ ㄉㄧ :

燈泡

Light bulb

18 ရေခဲသေတ္တာ

ㄧㄟˊ/ ㄎㄜ :/ ㄉㄧ · / ㄉㄚˇ

冰箱

Refrigerator

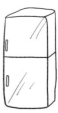

19 လေအေးစက်

ㄉㄟ/ ㄟ :/ ㄙㄜ ·

冷氣

Air-conditioner

20 ခလုတ်

ㄎㄜˇ/ ㄉㄡ 、

（所有電器的）開關

Switch

21 စားပွဲ

ㄙㄜ / ㄅㄨㄝ：

桌子

Table

22 ထိုင်ခုံ

ㄊㄞˇ / ㄎㄨㄥˇ

椅子

Chair

PART 2
日常生活

　　住臺灣的新住民第二代人數越來越多，也會有返鄉探望親友的時候。本節「日常生活」的設計，就是為了讓新二代和父母一起返鄉時，能和當地的親人、朋友打招呼，還有在吃喝玩樂時可以用簡單的句子聊聊天，拉近彼此的關係。

01 မင်္ဂလာပါ။

ㄇㄧㄅˇ/ㄍㄜ/ㄌㄚˇ/ㄅㄚˇ

您好！

Hello!

02 တွေ့ရတာ ဝမ်းသာလိုက်တာ။

ㄉㄨㄟˋ/ㄧㄚˋ/ㄉㄚˇ/ㄨㄢ:/ㄉㄚˇ/ㄌㄞ·/ㄉㄚˇ

很開心看到您！

It's nice to see you!

03 ကျေးဇူးတင်ပါတယ်။

ㄐㄧㄝ:/ㄙㄨ:/ㄉㄧㄅˇ/ㄅㄚˇ/ㄉㄜˇ

謝謝！

Thank you!

04 တာ့ တာ။

ㄉㄚˋ/ㄉㄚˇ

再見！

Bye-bye!

05 နောက်မှတွေ့ မယ်။ ဖြည်းဖြည်းသွား။

ㄋㄠ·/ㄇㄚˋ/ㄉㄨㄝˋ/ㄇㄟˇ/ㄆㄧㄝ:/ㄆㄧㄝ:/ㄉㄨㄚ:

再見！慢走！

Goodbye! Take care!

06 အားရင် ပြန်လာလည်နော်။

ㄚ:/ㄧㄣˇ/ㄅㄧㄢˇ/ㄌㄚˇ/ㄌㄝˇ/ㄋㄡˇ

有空再來玩！

Come often!

07 အားလုံးကို သတိရ နေမှာပါ။

ㄚ:/ㄌㄨㄥ:/ㄍㄨㄡˇ/ㄉㄜ/ㄉㄧ\
ㄧㄚˋ/ㄋㆤㄝˇ/ㄇㄚˇ/ㄅㄚˇ

我會想念大家！

I'll miss you all!

08 အဘွား၊နေကောင်းလား။။

ㄜ / ㄆㄨㄚ:/ ㄋㄝˇ/ ㄍㄠ:/ ㄌㄚˇ

外婆！你好嗎？

How are you, Grandma?

09 အဘွား အားရင် ထိုင်ဝမ်လာလည်နော်။။

ㄜ / ㄆㄨㄚ:/ ㄚ:/ ㄧㄣˇ/ ㄊㄞˇ/ ㄨㄢˇ/ ㄌㄚˇ/ ㄌㄧㄝˇ/
ㄋㄛˇ

外婆有空來臺灣玩！

Come visit Taiwan when you can, Grandma!

10 အဘွား နေကောင်းအောင်နေနော်။။

ㄜ / ㄆㄨㄚ:/ ㄋㄧㄟˇ/ ㄍㄠ:/ ㄠˇ/ ㄋㄟˇ/ ㄋㄛˇ

外婆要保重喔！

Take care, Grandma!

② ── 請求與叮嚀 ──

🔊 MP3-13

---

01 မားမား၊ wifi ဘယ်မှာရှိလဲ။

ㄇㄚ：/ㄇㄚ：/wifi/ ㄅㄝˇ/ㄇㄚˇ/ㄒㄧˋ/ㄌㄝ：

媽媽！哪裡有 wifi ？

Mom, where can I get wifi?

---

02 SIM card ဘယ်မှာဝယ်လို့ ရလဲ။

SIM/ ㄍㄜ·/ ㄅㄛˇ/ㄇㄚˇ/ㄨㄟˇ/ㄌㄡˋ/ㄧㄚˋ/ㄌㄝ：

在哪裡可以買到 SIM 卡？

Where can I buy a SIM card?

---

03 ပူလိုက်တာ။ အိုက်လိုက်တာ။

ㄅㄨˇ/ㄌㄞ·/ㄉㄚˇ/ㄞ·/ㄌㄞ·/ㄉㄚˋ

好悶喔！好熱喔！

It's so hot and stuffy!

---

04 Aircon ဖွင့်လို့ ရလား။

ㄟ/ㄧㄚ：/ㄍㄨㄥ：/ㄆㄨㄣˋ/ㄌㄡˋ/ㄧㄚˋ/ㄌㄚ：

可以開冷氣嗎？

Can we turn on the air-conditioner?

---

05 Aircon ဖွင့် ပေးပါ။

ㄟ ／ ㄧ ㄚ ：／ ㄍㄨㄥ ：／ ㄆㄨㄣ ㄟ／ ㄋㄟ ：／ ㄅㄚ ˇ

可以幫我開冷氣嗎？

Can you turn on the air-conditioner for me?

06 Aircon ပိတ်ပေးပါ။

ㄟ ／ ㄧ ㄚ ：／ ㄍㄨㄥ ：／ ㄋㄟ ·／ ㄋㄟ ：／ ㄅㄚ ˇ

可以幫我關冷氣嗎？

Can you turn off the air-conditioner for me?

07 ဝါးမီးပျက်သွားပြီ။

ㄨㄚ ：／ ㄇㄧ ˇ／ ㄅㄧㄝ ·／ ㄉㄨㄚ ：／ ㄅㄧ ˇ

哇！停電了！

Oh no, the power went off!

08 ရေးမီးပြန်လာပြီ။

ㄧㄝ ˇ／ ㄇㄧ ：／ ㄉㄚ ˇ／ ㄅㄧ ˇ

耶！有電了！

Yay, the power is back on!

09 ဒီလက်ဆောင်က အဘိုးအတွက်။

ㄉㄧˇ/ㄌㄝ·/ㄙㄠˇ/ㄍㄚˋ/ㄜ/ㄆㄨㄡːˇ/ㄜ/ㄉㄨㄝˋ

這是要給外公的禮物。

This is a gift for Grandpa.

10 အဘိုး နားမကောင်းဘူး၊စကားကျယ်ကျယ်ပြောပါ။

ㄜˇ/ㄆㄨㄡːˇ/ㄋㄚˇː/ㄇㄜ/ㄍㄠˇː/ㄅㄨː
ㄙㄜˇ/ㄍㄚˇː/ㄐㄧㄝˇ/ㄐㄧㄝˇ/ㄅㄧㄛˇ/ㄅㄚˇ

外公耳朵不好！講話大聲點。

Grandpa is having problems hearing. Speak up!

11 စကား တိုးတိုး ပြောပါ။

ㄙㄜˇ/ㄍㄚˇː/ㄉㄛˇː/ㄉㄛˇː/ㄅㄧㄡˇ/ㄅㄚˇ

講話小聲點。

Could you keep your voice down, please?

12 ထမင်းစားချိန်ရောက်ပြီ၊ထမင်းစား။

ㄊㄜ / ㄇㄧㄣ: / ㄙㄚ: / ㄑㄧㄣˇ / ㄧㄠˋ / ㄅㄧˇ / ㄊㄜ /
ㄇㄧㄢ: / ㄙㄚ:

吃飯時間到了！來吃飯吧。

It's time to eat. Come eat!

13 အားမနာနဲ့၊များများစား။

ㄚ: / ㄇㄜ / ㄋㄚˇ / ㄋㄝˋ / ㄇㄧㄚ: / ㄇㄧㄚ: / ㄙㄚ:

不要客氣，多吃一點！

Help yourself!

14 နွားနဲ့ နည်းနည်း သောက်လိုက်။

ㄋㄨㄚ: / ㄋㄡˋ / ㄋㄝ: / ㄋㄝ: / ㄌㄠ· / ㄌㄞ·

喝一點牛奶吧！

Here, have some milk.

15 နွားနဲ့ သောက်မှ အရပ်ရှည်မယ်။

ㄋㄨㄚː/ㄋㄡˋ/ㄌㄠ·/ㄇㄚˋ/ㄜ/ㄧㄝ·/
ㄒㄧㄟˇ/ㄇㄝˇ

喝牛奶才會長得高。

Milk helps you grow taller.

16 မြန်မြန်အိပ်တော့။

ㄇㄧㄢˇ/ㄇㄧㄢˇ/ㄟ·/ㄉㄨㄛˋ

快去睡覺了。

It's time to go to bed.

17 အပြင်သွားရင် သတိနဲ့ သွား။

ㄜ/ㄅㄧㄣˇ/ㄉㄨㄚː/ㄧㄣˇ/ㄉㄚ/ㄉㄧˋ/ㄋㄟˋ/ㄉㄨㄚː

出門要注意安全！

Pay attention to safety!

18 အပြင်မှာ အစား လျှောက်မစားနဲ့။

ㄜ / ㄅㄧㄟˇ/ ㄇㄚˇ/ ㄜ / ㄙㄚ :/ ㄒㄧㄠ˙/

ㄇㄜ / ㄙㄚ :/ ㄋㄟˋ

在外面不要亂吃東西！

Refrain from eating random street food!

19 ဝမ်းသွားလိမ့် မယ်၊သတိထား။

ㄨㄢ :/ ㄉㄨㄚ :/ ㄌˋ/ ㄇㄟˇ/ ㄉ / ㄉㄧˋ/ ㄊㄚ :

小心拉肚子！

You might upset your stomach!

③

—— 吃喝玩樂 ——

🔊 MP3-14

---

01 ဒီနေ့ အပြင်မှာ သွားစားမယ်။

ㄉㄧ ˇ / ㄋㄟ ㄟ ˋ / ㄝ / ㄅㄧㄢ ˇ / ㄇㄚ ˇ / ㄉㄨㄚ ː / ㄙㄚ ː / ㄇㄝ ˇ

今天去外面吃飯。

Let's eat out today.

---

02 ဒီဆိုင်မှာ ဘာစားလို့ ကောင်းလဲ။

ㄉㄧ ˇ / ㄙㄞ ˇ / ㄇㄚ ˇ / ㄅㄚ ˇ / ㄙㄚ ː / ㄉㄡ ˋ / ㄍㄠ ː / ㄌㄝ ː

這家店有什麼好吃的？

What is recommended for this restaurant?

---

03 ထမင်းစားမှာလား။ ခေါက်ဆွဲစားမှာလား။

ㄊㄜ / ㄇㄧㄣ ː / ㄙㄚ ː / ㄇㄚ ˇ / ㄌㄚ ː / ㄎㄠ ˋ / ㄙㄨㄟ ˇ / ㄙㄚ ː /
ㄇㄚ ˇ / ㄌㄚ ː

要吃麵？還是要吃飯？

Do you want noodles or rice?

---

04 မနက်စာ ဘာစားမလဲ။

ㄇㄜ / ㄋㄜ・/ ㄙㄚˇ/ ㄅㄚˇ/ ㄙㄚ :/ ㄇㄜ / ㄌㄝ :

早餐要吃什麼？

What do you want for breakfast?

05 ကျွန်တော် အီကြာကွေး ကြိုက်တယ်။

ㄐㄩㄣˇ/ ㄉㄛˇ/ ㄧˇ/ ㄐㄧㄚˇ/ ㄍㄨㄟ :/ ㄐㄧㄞ・/ ㄉㄜˇ

我喜歡吃油條。

I like oil stick.

06 ကျွန်တော် လက်ဖက်ရည်လည်း ကြိုက်တယ်။

ㄐㄩㄣˇ/ ㄉㄛˇ/ ㄌㄚ・/ ㄆㄚ・/ ㄧㄟˇ/ ㄌㄟ :/ ㄐㄧㄞ・/ ㄉㄜˇ

我也喜歡喝奶茶。

I also like milk tea.

07 စားလို့ ကောင်းလား။

ㄙㄚ :/ ㄌㄡ ˋ/ ㄍㄠ :/ ㄌㄚ :

好吃嗎？

Does it taste good?

PART2 日常生活

08 စားလို့ ကောင်းတယ်။

ㄙㄚ:／ㄉㄡ、／ㄍㄠ:／ㄉㄜˇ

好吃。

It's delicious.

09 စားလို့ မကောင်းဘူး။

ㄙㄚ:／ㄉㄡ、／ㄇㄜ／ㄍㄠ:／ㄅㄨ:

不好吃。

It doesn't taste good.

10 စားလို့ ဝလား။

ㄙㄚ:／ㄉㄡ、／ㄨㄚ、／ㄉㄚ:

有吃飽嗎？

Have you had enough to eat?

11 ကျွန်တော် ဗိုက်ဝပြီ။

ㄐㄩㄣˇ／ㄉㄛˇ／ㄅㄞ˙／ㄨㄚ、／ㄅㄧˇ

我吃飽了！

I'm full.

12 ကျွန်တော် ဗိုက်ဆာပြီ။

ㄐㄩㄣˇ/ ㄉㄛˇ/ ㄅㄞ˙/ ㄙㄚˇ/ ㄅㄧˇ

我肚子餓了！

I'm hungry.

13 ဒါ စားလို့ ရလား။

ㄉㄚˇ/ ㄙㄚ :/ ㄌㄡ ˋ/ ㄧㄚ ˋ/ ㄌㄚ :

這個可以吃嗎？

Is this edible?

14 ဒါစပ်လား။

ㄉㄚˇ/ ㄙㄜ˙/ ㄌㄚ :

這個會辣嗎？

Is this spicy?

15 ဒါ စပ်လိုက်တာ။

ㄉㄚˇ/ ㄙㄜ˙/ ㄌㄞ ˋ/ ㄉㄚˇ

這個好辣！

This is spicy.

16 ရေပေးပါ။

ㄧㄟˇ／ㄅㄟ：／ㄅㄚˇ

請給我水喝。

Can I have some water, please?

17 ဒူးရင်းသီးက နံလိုက်တာ။

ㄉㄨ：／ㄧㄢ：／ㄉㄧ：／ㄍㄚˋ／ㄋㄢˊ／ㄌㄞ˙／ㄉㄚˇ

榴槤好臭！

Durians stink!

18 ကျွန်တော် ဒူးရင်းသီးမကြိုက်ဘူး။

ㄐㄩㄅˇ／ㄉㄛˇ／ㄉㄨ：／ㄧㄅ：／ㄉㄧ：／ㄇㄛ／ㄐㄧㄞ˙／ㄅㄨ：

我不喜歡吃榴槤。

I don't like durians.

19 မင်း စားဖူးလား။

ㄇㄧㄅ：／ㄙㄚ：／ㄅㄨ：／ㄌㄚ：

你有吃過（這個食物）嗎？

Have you tried this before?

20 စမ်းပြီးတော့ စားကြည့် ပါ။

ㄙㄢ :/ ㄅㄧ :/ ㄉㄛ ˋ/ ㄙㄚ :/ ㄐㄧ ˋ/ ㄅㄚ ˇ

可以嘗試吃看看。

Try some!

21 ဒီနေ့ ဘယ်သွားမလဲ။

ㄉㄧ ˇ/ ㄋㄟ ˋ/ ㄅㄝ ˇ/ ㄉㄨㄚ :/ ㄇㄜ / ㄌㄝ :

今天要去哪裡？

Where are we going today?

22 ဒီနေ့ ကစားကွင်း သွားမယ်။

ㄉㄧ ˇ/ ㄋㄟ ˋ/ ㄍㄜ / ㄙㄚ :/ ㄍㄨㄣ :/ ㄉㄨㄚ :/ ㄇㄝ ˇ

今天要去遊樂場。

We’re going to the playground today.

23 ဒီနားမှာ ဘတ်စကတ်ဘောကွင်း ရှိလား။

ㄉㄧ ˇ/ ㄋㄚ :/ ㄇㄚ ˇ/ ㄅㄜ ˋ/ ㄙ / ㄍㄜ ˇ/ ㄅㄛ /
ㄍㄨㄣ :/ ㄒㄧ ˋ/ ㄌㄚ :

附近有籃球場嗎？

Is there a basketball court around?

24 ဘယ်အချိန် အပြင်ထွက်မလဲ။

ㄅㄟˋ/ㄜ/ㄑㄧㄅˇ/ㄜ/ㄅㄧㄅˇ/ㄊㄨㄜ·/ㄇㄜ/ㄌㄝ：

幾點要出去呢？

When are we heading out?

25 ဘယ်အချိန် ပြန်လာမလဲ။

ㄅㄝˋ/ㄜ/ㄑㄧㄅˇ/ㄅㄧㄉˇ/ㄌㄚˇ/ㄇㄜ/ㄌㄝ：

要幾點回來呢？

When are we coming back?

26 ဒီဂိမ်း ကစားတတ်လား။

ㄉㄧˇ/game/ㄍㄜ/ㄙㄚ：/ㄉㄜ·/ㄌㄚ：

你會玩這個遊戲嗎？

Do you know how to play this game?

27 အခု ကျွန်တော့် အလှည့် ။

ㄜ/ㄎㄨˋ/ㄐㄩㄅˇ/ㄉㄛˋ/ㄜ/ㄌㄝˋ

現在輪到我！

It's my turn!

PART 3
旅遊

　　在緬甸當地旅遊，若遇到突發狀況，而現場又剛好沒有翻譯人員陪同時，難免令人慌張。因此，本節挑選了一些在機場、飯店和觀光購物時常用的句子，讓你可以即時地使用緬甸語溝通，並幫助你在緬甸的旅行一路順暢。

01 ပတ်(စ်)ပို့ ပါပြီလား။

ㄅㄜ / ㄙ / ㄅㄡ ˋ / ㄅㄚ ˇ / ㄅㄧ ˇ / ㄌㄚ

護照帶了嗎？

Do you have your passport with you?

02 ပတ်(စ်)ပို့ ပါပြီ။

ㄅㄜ / ㄙ / ㄅㄡ ˋ / ㄅㄚ ˇ / ㄅㄧ ˇ

護照有帶了。

Yes, I have my passport with me.

03 မနက်ဖြန် လေယာဉ် ဘယ် အချိန် ဆိုက်မလဲ။

ㄇㄜ · / ㄋㄜ · / ㄆㄧㄢ ˇ / ㄌㄟ ˋ / ㄧㄅ ˇ / ㄅㄟ ˋ
ㄜ / ㄑㄧㄥ ˇ / ㄙㄞ · / ㄇㄜ · / ㄌㄝ：

明天飛機幾點抵達？

What time do we land tomorrow?

04 မနက် 11 နာရီ ရန်ကုန်ရောက်မယ်။

ㄇㄜ˙／ㄋㄜ˙／ㄙㄜ＼／ㄌㄜ˙／ㄋㄚˇ／ㄧˇ／ㄧㄤˇ／
ㄍㄨㄥˇ／ㄧㄠ˙／ㄇㄝˇ

早上 11 點會到仰光。

We will arrive at Yangon at 11 am.

05 ကျွန်တော်ပြတင်းပေါက်နားက နေရာလိုချင်တယ်။

ㄐㄩㄅˇ／ㄌㄛˇ／ㄅㄜ／ㄉㄧㄅ：／ㄅㄠ＼／ㄋㄚ：／
ㄍㄚ＼／ㄋㄟˇ／ㄧㄚˇ／ㄌㄨˇ／ㄑㄧㄅˇ／ㄌㄜˋ

我想坐靠窗的位置。

I'd like to sit by the window.

06 မြန်မာပြည်ကို ဘာအတွက်လာသလဲ။

ㄇㄧㄢˇ／ㄇㄚˇ／ㄅㄧˇ／ㄍㄨˇ／ㄅㄚˇ／ㄜ／ㄉㄨㄜ＼／
ㄌㄚˇ／ㄉ／ㄌㄝ：

你來緬甸的目的是什麼？

Why are you traveling to Myanmar?

07 ကျွန်တော်ဘုရားဖူးလာတာ။

ㄐㄩㄣˇ／ㄉㄛˇ／ㄆㄜ／ㄧㄚ:／ㄆㄨ:／ㄌㄚˇ／ㄌㄚˇ

我來緬甸拜拜。

I'm here on a pilgrimage tour around Myanmar.

08 မြန်မာပြည်မှာ ဘယ်လောက်ကြာမလဲ။

ㄇㄧㄤˇ／ㄇㄚˇ／ㄅㄧˇ／ㄇㄚˇ／ㄅㄜˇ／ㄌㄠˊ／
ㄐㄧㄚˇ／ㄇㄜ／ㄌㄝ:

你將在緬甸待多久？

How long will you stay in Myanmar?

09 ကျွန်တော်နှစ်ပတ်လောက်ကြာမယ်။

ㄐㄩㄣˇ／ㄉㄛˇ／ㄋㄜˊ／ㄅㄜˊ／ㄌㄠˊ／ㄐㄧㄚˇ／ㄇㄝ:

我要待兩個禮拜。

I will be staying for two weeks.

10 ကျွန်တော် အင်တာနက် ဝယ်ချင်တယ်။

ㄐㄩㄅˇ/ㄉㄛˇ/Internet/ㄨㄝˇ/ㄑㄧㄅˇ/ㄉㄝˇ

我想要買網路。

I'd like to get a data plan.

11 14 ရက် အဝသုံး ရှိလား။

ㄙㄜˋ/ㄉㄟ:/ㄧㄝ·/ㄊ/ㄨㄚˋ/ㄉㄨㄥ:/ㄒㄧˋ/ㄉㄚ:

有 14 天吃到飽的方案嗎？

Do you offer any 14-day unlimited data plan options?

12 ပိုက်ဆံ လဲချင်တယ်။

ㄅㄞ·/ㄙㄢˇ/ㄉㄟˇ/ㄐㄧㄅˇ/ㄉㄝˇ

我想換錢。

I'd like to exchange some currency.

13 လေယာဉ်ကွင်းမှာ လဲလို့ ရတယ်။

ㄉㄧㄟˇ／ㄧㄣˊ／ㄍㄨㄣ：／ㄇㄚˇ／ㄉㄟˇ／ㄉㄡˋ／
ㄧㄚˋ／ㄉㄜˇ

機場可以換錢。

Currency exchange service is available at the airport.

14 ဟော်တယ်မှာ ပိုက်ဆံလဲလို့ ရလား။

ㄏㄛˇ／ㄉㄝˇ／ㄇㄚˇ／ㄅㄞ·／ㄙㄢˇ／ㄉㄝˇ／ㄉㄡˋ／
ㄧㄚˋ／ㄉㄚ：

飯店可以換錢嗎？

Do they offer currency exchange service at the hotel?

15 အဲယားကွန်း ဖွင့်လို့ မရဘူး။

ㄜˇ／ㄧㄚ：／ㄍㄨㄣ：／ㄆㄨㄣ·／ㄉㄡˋ／ㄇㄛ／ㄧㄚˇ／ㄅㄨ：

冷氣打不開。

The Air-conditioner doesn't work.

16 ကျွန်တော် အခန်းပြောင်းချင်တယ်။

ㄐㄩㄣˇ/ ㄉㄛˇ/ ㄜ / ㄎㄢ :/ ㄅㄧㄠ :/ ㄑㄧㄣˇ/ ㄉㄝˇ

我想換房間。

I’d like to change to another room.

17 အခန်းထဲမှာ ဝိုင်ဖိုင် ရှိလား။

ㄜ / ㄎㄢ :/ ㄊㄝ / ㄇㄚˇ/wifi/ ㄒㄧ ˋ/ ㄌㄚˇ

房間有 wifi 嗎？

Is wifi available in the hotel room?

18 အခန်းက ဘယ်အထပ်မှာလဲ။

ㄜ / ㄎㄢ :/ ㄍㄚ ˋ/ ㄅㄝˇ/ ㄜ / ㄊㄜ · / ㄇㄚˇ/ ㄌㄝ :

房間在幾樓？

Which floor is our room on?

19 ဓာတ်လှေကား ရှိလား။

ㄉㄜ丶/ㄉㄟˇ/ㄍㄚ:/ㄒㄧ丶/ㄌㄚˇ

有電梯嗎？

Is there an elevator?

20 ဘယ်အချိန် အခန်းအပ်ရမလဲ။

ㄅㄟˇ/ㄜ/ㄑㄧㄣˇ/ㄜ/ㄎㄢ:/ㄜˋ/ㄧㄚ丶/ㄇㄜ/ㄌㄝ:

請問幾點退房？

When do we need to check out?

21 မနက် 11 နာရီ အခန်းအပ်ရမယ်။

ㄇㄜ/ㄋㄜˋ/ㄙㄜ丶/ㄉㄜ丶/ㄋㄚˇ/ㄧˇ/
ㄜ/ㄎㄢ:/ㄜˋ/ㄧㄚ丶/ㄇㄝˇ

早上 11 點退房。

Please check out before 11 am.

22 ဟော်တယ် ရဲ့ လိပ်စာကဒ်ပေးပါ။

ㄏㄛˇ/ㄉㄟˇ/一ㄝˋ/ㄉㄟ˙/
ㄙㄚˇ/ㄍㄜ˙/ㄅㄟ:/ㄅㄚˇ

請給我一張飯店的名片。

Could you give me a hotel
business card, please?

01 ဒီနေ့ ဘယ်သွားမလဲ။

ㄉㄧˇ/ ㄋㄟˋ/ ㄅㄟˇ/ ㄉㄨㄚː/ ㄇㄜ/ ㄌㄟː

今天要去哪裡？

Where are we going today?

02 ဒီနေ့ ပုဂံသွားမယ်။

ㄉㄧˇ/ ㄋㄟˋ/ ㄅㄜ/ ㄍㄢˇ/ ㄉㄨㄚː/ ㄇㄝˇ

今天要去蒲甘玩。

We are going to Bagan today.

03 ပုဂံမှာ နေထွက်တာ ကြည့်ချင်တယ်။

ㄅㄜ·/ ㄍㄢˇ/ ㄇㄚˇ/ ㄋㄟˋ/ ㄊㄨㄜ·/ ㄉㄚˇ/ ㄐㄧˋ/
ㄑㄧㄣˇ/ ㄉㄜˇ

我想看蒲甘日出。

I want to watch the sunrise in Bagan.

04 ရွှေတိဂုံ ဘယ်လိုသွားရလဲ။

ㄒㄩˇ/ㄉㄛ·/ㄍㄨㄥˇ/ㄅㄛˇ/ㄌㄡˇ/ㄉㄨㄚː/ㄧㄚˋ/ㄌㄝː

仰光大金寺怎麼去？

How can I get to the Shwedagon Pagoda?

05 ကားနဲ့ သွားလို့ ရတယ်။

ㄍㄚː/ㄋㄝˋ/ㄉㄨㄚː/
ㄌㄡˋ/ㄧㄚˋ/ㄉㄛˇ

可以坐車去。

You can get there by bus.

06 တစ်ရက် အသွားအပြန် ရလား။

ㄉㄛ·/ㄧㄝ·/ㄜ/ㄉㄨㄚː/ㄜ/ㄅㄧㄝˇ/ㄧㄚˋ/ㄌㄚː

可以當天來回嗎？

Can I make it a day trip?

07 လက်ဆောင် ဝယ်ချင်တယ်။

ㄉㄜ·/ㄙㄠˇ/ㄨㄜˇ/ㄑㄧㄣˇ/ㄉㄜˇ

我想要買伴手禮。

I want to buy some souvenirs.

08 ကျွန်တော် ကျောက်ပစ္စည်း နည်းနည်း ဝယ်ချင်တယ်။

ㄐㄩㄣˇ/ㄉㄜˇ/ㄐㄧㄠ·/ㄅㄧ·/ㄙㄧ一:/
ㄋㄟ:/ㄋㄟ:/ㄨㄟˇ/ㄑㄧㄣˇ/ㄉㄜˇ

我想買玉的飾品。

I want to buy some jade jewelry.

09 ဒါ ဘာလဲ။

ㄉㄚˇ/ㄅㄚˇ/ㄉㄝ:

這是什麼？

What is this?

10 ဒါ ဘယ်လောက်လဲ။

ㄉㄚˇ / ㄅㄜˇ / ㄌㄠ ˋ / ㄌㄝ:

這個多少錢？

How much is this?

11 နည်းနည်းလျှော့လို့ ရလား။

ㄋㄟ:/ ㄋㄟ:/ ㄒㄧㄛ ˋ/ ㄌㄨ ˋ/ ㄧㄚ ˋ/ ㄌㄚ:

可以便宜一點嗎？

Can I get a discount?

12 ခရစ်တစ်ကဒ် သုံးလို့ ရလား။

ㄎㄜ / 回 ˙ / ㄉㄧ ˙ / ㄍㄜ ˙ / ㄉㄨㄥ:/ ㄌㄡ ˋ/ ㄧㄚ ˋ/ ㄌㄚ:

可以用信用卡付費嗎？

Do you accept credit cards?

13 မြန်မာ့ရိုးရာ အစားအစာ စားချင်တယ်။

ㄇㄧㄢˇ/ㄇㄚˋ/ㄧㄡ:/ㄧㄚˇ/ㄜ/ㄙㄚ:/ㄜ/ㄙㄚˇ/ㄙㄚ:/
ㄑㄧㄣˇ/ㄉㄜˇ

想吃緬甸傳統料理。

I want to try some traditional Burmese cuisine.

14 Menu ပေးပါ။

Menu/ ㄅㄟ:/ ㄅㄚˇ

請給我菜單。

Can I have the menu, please?

15 ခဏစောင့်ပါ။

ㄎㄜ/ㄋㄚˋ/ㄙㄠˋ/ㄅㄚˇ

請等一下。

Just a moment, please.

01 ဒီမှာ အသား မစားရ။

ㄅㄧˊ／ㄇㄚˇ／ㄊ／ㄌㄚ：／ㄇㄜ／ㄙㄚ：／ㄧㄚˋ

這裡禁止吃肉。

Meat eating is prohibited here.

02 အမျိုးသမီး မဝင်ရ။

ㄊ／ㄇㄧㄡ：／ㄌㄜ／ㄇㄧ：／ㄇㄜ／ㄨㄣˇ／ㄧㄚˋ

女性禁止進入。

Women are not allowed in.

03 ဖိနပ်မစီးရ။

ㄆㄜˋ／ㄋㄝ·／ㄇㄜ／ㄙㄧ：／ㄧㄚˋ

禁止穿鞋。

Shoes are not allowed.

04 ဖိနပ်ချွတ်ပါ။

ㄆㄜˋ/ㄋㄝ·/ㄑㄧㄡ·/ㄅㄚˇ
請脫鞋。

Please take off your shoes.

05 ခါးပိုက်နဲ့ က်သတိထားပါ။

ㄎㄜ:/ㄅㄞ·/ㄋㄞ·/ㄉㄜ/ㄉㄧˋ/ㄊㄚ:/ㄅㄚˇ
小心扒手。

Beware of pickpockets.

06 ကိုယ့် ပစ္စည်းကို သတိထားပါ။

ㄍㄨˋ/ㄅㄧ·/ㄙㄧ:/ㄍㄡˇ/ㄉㄜ·/ㄉㄧˋ/
ㄊㄚ:/ㄅㄚˇ
注意自己的行李。

Keep an eye on your luggage.

07 ကျွန်တော့်ဖုန်း ပျောက်သွားပြီ။

ㄐㄩㄅˇ／ㄉㄛ˙／ㄈㄨㄥː／ㄅㄧㄠ˙／ㄉㄨㄚː／ㄅㄧˇ

我的手機不見了！

I lost my phone!

08 ကျွန်တော့်ဖုန်း ဓါတ်ခဲကုန်သွားပြီ။

ㄐㄩㄅˇ／ㄉㄛ˙／ㄈㄨㄥː／ㄉㄜ˙／ㄎㄝː／
ㄍㄨㄥˇ／ㄉㄨㄚː／ㄅㄧˇ

我的手機沒電了！

My phone is low on battery.

09 ကျွန်တော် ဖုန်းအားသွင်းချင်တယ်။

ㄑㄩㄅˇ／ㄉㄛ˙／ㄈㄨㄥː／ㄚː／ㄉㄨㄅː／ㄑㄧㄅˇ／ㄉㄜˇ

我想幫手機充電。

I want to charge my phone.

PART3 旅遊

10 ဒီနေရာက ရှုခင်း အရမ်းလှတယ်။

ㄉㄧˇ/ ㄋㄟˇ/ ㄧㄚˇ/ ㄍㄚˋ/ ㄒㄨˋ/ ㄑㄣːㄜ/
ㄧㄢː/ ㄌㄚˋ/ ㄉㄜˇ

這裡的風景好漂亮。

The scenery here is beautiful.

11 အိမ်သာ ဘယ်နားမှာရှိလဲ။

ㄧㄥˇ/ ㄌㄚˇ/ ㄅㄜˇ/ ㄋㄚː/ ㄇㄚˇ/ ㄒㄧˋ/ ㄌㄝː

哪裡有廁所？

Where is the restroom?

12 ဒီနားမှာထမင်းဆိုင် ရှိလား။

ㄉㄣˇ/ ㄋㄚː/ ㄇㄚˇ/ ㄊㄜ/ ㄇㄧㄣː/ ㄙㄞˇ/ ㄒㄧˋ/ ㄌㄚː

附近哪裡有餐廳？

Is there a restaurant near here?

PART 4
醫療義診

　　近幾年作者回緬甸時，常看到臺灣的醫療單位去緬甸義診。每次的義診都大排長龍、非常受歡迎，醫生們也非常有愛心。然而，往往因為語言隔閡，使得雙方卡在溝通上，變得事倍功半。當時作者就許下心願，要讓醫生們和病人間沒有溝通的障礙！因此希望本節中介紹的句子，能幫助前往緬甸義診的醫生們，讓溝通更順利，並真正達到義診的效果。

1

—— 看診與診斷 ——

MP3-18

01 မင်းနာမည် ဘယ်လိုခေါ်လဲ။

ㄇㄧㄥ :/ ㄋㄚ ˇ/ ㄇㄝ ˇ/ ㄅㄟ ˇ/ ㄌㄡ ˇ/ ㄎㄛ ˇ/ ㄌㄝ :

你叫什麼名字？

What’s your name?

02 ဒီနှစ် အသက်ဘယ်လောက်ရှိပြီလဲ။

ㄉㄧ ˇ/ ㄋㄧ ˋ/ ㄜ / ㄉㄜ ˙/ ㄅㄝ ˇ/ ㄌㄠ ˋ/ ㄒㄧ ˋ/
ㄅㄧ ˇ/ ㄌㄝ :

今年幾歲？

How old are you?

03 ဘယ်လိုဖြစ်တာလဲ၊ပြောပါ။

ㄅㄝ ˇ/ ㄌㄡ ˇ/ ㄆㄧ ˙/ ㄉㄚ ˇ/ ㄌㄟ :/ ㄅㄧㄛ ˇ/ ㄅㄚ ˇ

請說！怎麼了？

What’s wrong?

04 နာတဲ့နေရာကို လက်နဲ့ ထိုးပြပါ။

ㄋㄚˇ/ㄉㄝˋ/ㄋㄝˇ/ㄧㄚˇ/ㄍㄡˇ/ㄌㄞˋ/ㄋㄝˋ/ㄊㄡː/
ㄅㄧㄚˋ/ㄅㄚˇ

請用手指給我看痛的地方。

Please point out where it hurts.

05 ဒီနား နာလား။

ㄉㄧˇ/ㄋㄚː/ㄋㄚˇ/ㄌㄚː

這裡痛嗎？

Does it hurt here?

06 ဝမ်းမှန်လား။

ㄨㄣː/ㄇㄢˇ/ㄌㄚː

排便順暢嗎？

How's your bowel movement?

07 ဆီးချို သွေးတိုးရှိလား။

ㄒㄧ:/ ㄑㄧㄡˇ/ ㄉㄨㄟ:/ ㄋㄡ:/ ㄒㄧˋ/ ㄌㄚ:

有糖尿病、高血壓嗎？

Do you have diabetes or high blood pressure?

08 ကျွန်တော်အဖျား တိုင်းပေးမယ်။

ㄐㄩㄣˇ/ ㄉㄛˇ/ ㄜ/ ㄆㄧㄚ:/ ㄉㄞ:/ ㄅㄟ:/ ㄇㄝˇ

我幫你量體溫。

I will take your temperature.

09 ကျွန်တော်သွေးပေါင်ချိန်ပေးမယ်။

ㄐㄩㄣˇ/ ㄉㄛˇ/ ㄉㄨㄟ:/ ㄅㄠˇ/ ㄑㄧㄣˇ/ ㄅㄟ:/ ㄇㄝˇ

我幫你量血壓。

Let me take your blood pressure.

10 အသက်ခဏအောင့်ထားပါ။

ㄊ／ㄉㄚ・／ㄎㄜ／ㄋㄚ丶／ㄠ丶／ㄊㄚ：／ㄅㄚˇ

憋一下氣。

Please hold your breath.

11 အသက်ရှူလို့ ရပြီ။

ㄊˇ／ㄉㄞ・／ㄒㄩㄡ／／ㄌㄡ丶／ㄧㄚ丶／ㄅㄧˇ

可以呼吸了。

You can breathe now.

12 တစ်ခါတလေ ခေါင်းကိုက်တယ်။

ㄉㄜ／ㄎㄚˇ／ㄉㄜ／ㄌㄟˇ／ㄍㄠ：／ㄍㄞ・／ㄉㄜˇ

我有時候會頭痛。

I get headaches sometimes.

13 ကျွန်တော်ည အိပ်လို့ မရဘူး။

ㄐㄩㄣˇ/ㄉㄠˇ/ㄋㄧㄚˋ/ㄟ·/ㄉㄡˋ/ㄇㄜ/ㄧㄚˋ/ㄅㄨ:

我晚上會失眠。

I suffer from insomnia.

14 ဘယ်လောက်ကြာပြီလဲ။

ㄅㄝ/ㄉㄠ·/ㄐㄧㄚˇ/ㄅㄧˇ/ㄉㄝ:

這個狀況持續多久了？

How long has this gone on?

15 ၂-လ လောက်ရှိပြီ။

ㄋㄜ/ㄉㄚˋ/ㄉㄠ·/ㄒㄧˋ/ㄅㄧˇ

差不多 2 個月了。

About two months.

16 ဘယ်သူနဲ့ လာလဲ။

ㄅㄟˇ/ㄉㄨˇ/ㄋㄝˋ/ㄉㄚˇ/ㄌㄝ：

跟誰一起來的？

Who did you come here with?

17 တခြားဆရာဝန် ပြဖူးလား။

ㄉㄜ/ㄑㄧㄚ：/ㄙㄝ/ㄧㄚˇ/ㄨㄣˇ/ㄅㄧㄚˋ/ㄅㄨ：/ㄉㄚ：

有看過其他醫生嗎？

Have you seen other doctors?

PART4 醫療義診

18 ဒါက ရိုးရိုးအအေးမိတာ။

ㄉㄚˇ/ㄍㄚˋ/ㄧㄡ：/ㄧㄡ：/ㄚ/
ㄟ：/ㄇㄧˋ/ㄉㄚˇ

這是一般感冒。

This is the common cold.

19 အခုလောလောဆယ် အသက်အန္တရာယ် မရှိဘူး။

ㄜ/ㄎㄨˋ/ㄌㄛˇ/ㄌㄛˇ/ㄙㄟˇ/ㄜ/ㄌㄜ·/ㄢˇ/ㄌㄝˇ/
ㄧㄝˇ/ㄇㄜ/ㄒㄧˋ/ㄅㄨ:

目前沒有生命危險。

The condition is not life threatening at the moment.

20 ဒါ ဆေးရုံကြီးမှာ စစ်ဆေးပါ။

ㄉㄚˇ/ㄙㄟ:/ㄩㄥˇ/ㄐㄧ:/ㄇㄚˇ/ㄙ·/ㄙㄟ:/ㄅㄚˇ

這個需要去大醫院檢查一下。

This will need to be checked at a hospital.

21 ဓါတ်မှန် ရိုက်ကြည့်ရမယ်။

ㄉㄝ·/ㄇㄢˇ/ㄧㄞˋ/ㄐㄧˋ/ㄧㄚˋ/ㄇㄝˇ

需要照 X 光。

This requires an X-ray examination.

22 ကျန်းမာရေး စစ်ဆေးချင်လို့ ပါ။

ㄐㄧㄢ:/ㄇㄚˇ/ㄧㄟ:/ㄙ˙/ㄙㄟˇ/ㄑㄧㄣˇ/

ㄌㄡˋ/ㄅㄚˇ

我想要做健康檢查。

I want to get a full body checkup.

2

—— 用藥與叮囑 ——

🔊 MP3-19

01 ဘာဆေးတွေ သောက်နေလဲ။

ㄅㄚˇ／ㄙㄟ：／ㄌㄨㄟˇ／ㄌㄠ丶／ㄋㄟˇ／ㄌㄝ：

有在服用什麼藥嗎？

Are you currently taking any medication?

02 ဆေးကို အချိန်မှန်သောက်ပါ။

ㄙㄟ：／ㄍㄨˇ／ㄤ／ㄑㄧㄈˇ／ㄇㄢˇ／ㄌㄠ丶／ㄅㄚˇ

要按時吃藥。

Please take medication on time.

03 ၁-ရက်ဘယ်နှစ်လုံးသောက်လဲ။

ㄌㄜ／一ㄝ˙／ㄅㄜˇ／ㄋㄜ˙／ㄌㄨㄥ：／ㄌㄠ˙／ㄌㄝ：

一天吃幾顆？

How many pills to take per day?

04 ၁-ရက်၃- ကြိမ်သောက်။

ㄉㄜ / ㄧㄝˋ / ㄉㄨㄥː / ㄐㄧㄅˇ / ㄉㄠˋ
一天吃三次。

Take the medicine three times a day.

05 ၁ကြိမ် ၁လုံး။

ㄉㄜ / ㄐㄧㄝˇ / ㄉㄜ / ㄉㄨㄥː
一次一顆。

Take one pill at a time.

06 ၁ရက်၃ကြိမ် ထမင်းစားပြီးသောက်။

ㄉㄜ / ㄧㄝˋ / ㄉㄨㄥː ㄐㄧㄅˇ / ㄊㄜ / ㄇㄧㄅː / ㄙㄚː / ㄅㄧː /
ㄉㄠˋ
三餐飯後吃藥。

Take the medicine after meals.

07 ဒီဆေးက ထမင်းမစားခင် သောက်။

ㄉㄧˇ/ㄙㄟ:/ㄍㄚˋ/ㄊㄜ/ㄇㄧㄣ:/ㄇㄜ/ㄙㄚ:/
ㄎㄣˇ/ㄌㄠ·

這個藥是飯前吃的。

Take this pill before meals.

08 ဆေးရပ်လို့ မရဘူးနော်။

ㄙㄟ:/ㄧㄝ·/ㄌㄡˋ/ㄇㄜ/ㄧㄚˋ/ㄅㄨ:/ㄋㄛˇ

不可以隨意停藥。

Do not stop the medicine without your doctor's approval.

09 မနာရင် ဆေးရပ်လို့ ရတယ်။

ㄇㄜ/ㄋㄚˇ/ㄧㄣˇ/ㄙㄟ:/ㄧㄝ·/ㄌㄡˋ/ㄧㄚˋ/ㄌㄜˇ

不痛就可以不用吃藥了。

You may stop taking the painkillers if the hurting stops.

10 ဒါက ရေခဲအုပ်ပေးရမယ်။

ㄉㄚˇ/ㄎㄚˋ/一ㄝˇ/ㄎㄟ:/ㄡ·/ㄅㄟ:/一ㄚˋ/ㄇㄝˇ

這個要冰敷。

Apply an ice pack to the affected area.

11 ဒါက အပူပေးရမယ်။

ㄉㄚˊ/ㄎㄚˋ/ㄜˇ/ㄅㄨˇ/ㄅㄟ:/一ㄚˋ/ㄇㄝˇ

這個要熱敷。

Apply a heat pack to the affected area.

12 အိမ်မှာ အနားယူပေးပါ။

ㄟˇ/ㄇㄚˇ/ㄜ/ㄋㄚ:/ㄩㄡˇ/ㄅㄟ:/ㄅㄚˇ

要在家多休息。

Stay at home and rest plenty.

13 လေ့ကျင့်ခန်း များများလုပ်ပါ။

ㄉㄟˋ/ㄐㄧㄣˋ/ㄎㄢ:/ㄇㄧㄚ:/
ㄇㄧㄚ:/ㄉㄡ˙/ㄅㄚˇ
要多運動。

Exercise more often.

14 ၁ရက် မိနစ် 30 လေ့ကျင့်ခန်းလုပ်ပါ။

ㄉㄜ/ㄧㄝ˙/ㄇㄧㄣˋ/ㄋㄧˊ/ㄉㄨㄥ:/ㄙㄟˇ/
ㄉㄟˋ/ㄐㄧㄣˋ/ㄎㄢ:/ㄉㄡˋ/ㄅㄚˇ
一天要運動 30 分鐘。

Exercise 30 minutes a day.

15 ၁ပတ်မှာ ၃ရက်လေ့ကျင့်ခန်းလုပ်ပါ။

ㄉㄜ/ㄅㄜ˙/ㄇㄚˇ/ㄉㄨㄥ:/ㄧㄝˋ/ㄉㄟˋ/
ㄐㄧㄣˋ/ㄎㄢ:/ㄉㄡˋ/ㄅㄚˇ
一週要運動三天。

Exercise 3 days a week.

16 အစားအသောက် ဆင်ခြင်ပါ။

ㄜ / ㄙㄚ :/ ㄜ / ㄉㄠ · / ㄙㄣ ˇ/ ㄑㄧㄣ ˇ/ ㄅㄚ ˇ

要注意飲食。

Pay attention to your diet.

17 အစပ် မစားပါနဲ့။

ㄜ / ㄙㄞ · / ㄇㄜ / ㄙㄚ :/ ㄅㄚ ˇ/ ㄋㄝ ˋ

不要吃辣。

Do not eat spicy food.

18 အကြော်စာ လျှော့ စားပါ။

ㄜ / ㄐㄧㄡ ˇ/ ㄙㄚ ˇ/ ㄒㄧㄛ ˋ/ ㄙㄚ :/ ㄅㄚ ˇ

少吃炸的食物。

Eat less fried foods.

19 အစာ စားပြီးတိုင်း သွားတိုက်ပါ။

ㄜ / ㄙㄚˇ / ㄙㄚ： / ㄅㄧˊ / ㄉㄞ： /
ㄉㄨㄚ： / ㄉㄞ・ / ㄅㄚˇ

吃完東西後都要刷牙！

Always brush your teeth after eating!

20 ဆေးလိပ် သောက်လား။

ㄙㄟ： / ㄌㄟ・ / ㄉㄠ・ / ㄌㄚ：

有抽菸嗎？

Do you smoke?

21 အရက် သောက်လား။

ㄜ / ㄧㄝ・ / ㄉㄠ・ / ㄌㄚ：

有喝酒嗎？

Have you been consuming alcohol?

22 ကွမ်းယာ စားလား။

ㄍㄨㄣ:／ ㄧㄚˇ／ㄙㄚ:／ ㄌㄚ:

有吃檳榔嗎？

Have you been eating betel nuts?

23 ဆေးလိပ် ဖြတ်ပါ။

ㄙㄟ:／ ㄌㄟ·／ ㄆㄧㄝ·／ ㄅㄚˇ

要戒菸。

You need to quit smoking.

24 အရက် ဖြတ်ပါ။

ㄜ／ ㄧㄝ·／ ㄆㄧㄝ·／ ㄅㄚˇ

要戒酒。

You need to quit drinking alcohol.

25 ကွမ်းယာ ဖြတ်ပါ။

ㄍㄨㄣ：/ ㄧㄚˇ/ ㄆㄧㄝ·/ ㄅㄚˇ

要戒檳榔。

You need to stop eating betel nuts.

26 ရေများများ သောက်ပါ။

ㄧㄟˇ/ ㄇㄧㄚ：/ ㄇㄧㄚ：/ ㄉㄠ·/ ㄅㄚˇ

要多喝水。

Please drink more water.

27 ဆီးမအောင့်ပါနဲ့ ။

ㄙㄧ：/ ㄇㄜ/ ㄠ丶/ ㄅㄚˇ/ ㄋㄝ丶

不要憋尿。

Do not hold it in when you need to go to the bathroom.

28 စိတ်မပူပါနဲ့ ။

ㄙㄟ˙／ㄇㄜ／ㄅㄨˇ／ㄅㄚˇ／ㄋㄟ˙

不要擔心！

Don't worry!

29 ကောင်းသွားမှာပါ။

ㄍㄠ:／ㄉㄨㄚ:／ㄇㄚˇ／ㄅㄚˇ

會好的！

It will get better!

PART4 醫療義診

30 စိတ်ချပါ။

ㄙㄟ˙／ㄑㄧㄚˋ／ㄅㄚˇ

放心吧！

Take it easy!

PART 5
教育志工

　　有一年，作者跟著一位師大教授一起參加了去緬甸擔任教育志工的團體，從那時開始，認識了很多去緬甸擔任教育志工的臺灣朋友，之中的許多人都曾表示，希望能學一些緬甸語句子，以便跟緬甸的孩子們對話、融入當地生活、拉近與孩子間的關係。因此，本節將介紹在校園裡常用的句子，希望可以藉此幫助教育志工們在當地的活動。

― 上課時間 ―

01 ကျောင်းတက်ပြီ။

ㄐㄧㄠˋ／ㄉㄜ˙／ㄅㄧㄦˇ

上課囉！

Time for class!

02 ခေါင်းလောင်းထိုးပြီ။

ㄎㄠˋ／ㄌㄠˋ／ㄊㄡˋ／ㄅㄧㄦˇ

打鐘囉！

The bell is ringing!

03 အချိန်မှန် စာသင်ခန်းထဲဝင်ပါ။

ㄜ／ㄑㄧㄣˇ／ㄇㄢˇ／ㄙㄚˋ／ㄉㄧㄣˇ／ㄎㄢˋ／ㄊㄜˋ／ㄨㄣˇ／ㄅㄚˇ

要準時進教室喔！

Please come into the classroom on time!

04 ကိုယ့် နေရာ ကိုယ်ထိုင်ပါ။

《ㄨ ˋ ／ ㄋㄧ ˇ ／ ㄧㄚ ˇ ／ 《ㄨ ˇ ／ ㄊㄞ ˇ ／ ㄅㄚ ˇ

請回到自己的座位！

Please go back to your seats.

05 မတ်တပ်ရပ်ပါ။

ㄇㄜ · ／ ㄉㄝ · ／ ㄧㄝ · ／ ㄅㄚ ˇ

請站起來。

Please stand up.

06 ထိုင်ပါ။

ㄊㄞ ˇ ／ ㄅㄚ ˇ

請坐下。

Please sit down.

07 စာသင်ချိန်မှာ စကားမပြောရ။

ㄙㄚˇ/ㄉㄧㄣˇ/ㄑㄧㄣˇ/ㄇㄚˇ/ㄙㄝ/ㄍㄚ:/
ㄇㄜ·/ㄅㄧㄡˇ/ㄧㄚˋ

上課時間不可以講話。

Please don't talk during class.

08 စာသင်ချိန်မှာ စိတ်ဝင်စားပါ။

ㄙㄚˇ/ㄉㄧㄣˇ/ㄑㄧㄣˇ/ㄇㄚˇ/ㄙㄟ·/ㄨㄣˇ/
ㄙㄚ:/ㄅㄚˇ

上課要專心。

Please pay attention in class.

09 မေးစရာရှိရင် လက်ထောင်ပါ။

ㄇㄟ:/ㄙㄜˋ/ㄧㄚˇ/ㄒㄧˋ/ㄧㄣˋ/ㄉㄝˋ/
ㄊㄠˇ/ㄅㄚˇ

有問題要舉手。

Please raise your hand if you have a question.

10 ဒီဘက်ကို ကြည့်ပါ။

ㄉㄧˇ/ㄆㄜ·/ㄍㄨˇ/ㄐㄧㄟˋ/ㄅㄚˇ

請看這邊！

Please look over here!

11 ဆရာမနောက်က လိုက်ဆိုပါ။

ㄙㄜ/ㄧㄚˇ/ㄇㄚˋ/ㄋㄠ·/ㄍㄚˋ/ㄌㄞ·/ㄙㄡˇ/ㄅㄚˇ

請跟著老師一起唸。

Please repeat after your teacher.

12 စာအုပ်ထဲကို ကူးရေးပါ။

ㄙㄚˇ/ㄡ·/ㄊㄝ:/ㄍㄡˇ/ㄍㄨ:/ㄧㄝ:/ㄅㄚˇ

請抄在本子裡。

Please write it down.

13 လက်ရေး လှအောင်ရေးပါ။

ㄌㄝˋ/ㄧㄟ:/ㄉㄚˋ/ㄠˇ/ㄧㄟ:/ㄅㄚˇ

請把字寫漂亮。

Please write neatly.

14 တော်လိုက်တာ။

ㄉㄡˇ/ㄉㄞˋ/ㄉㄚˇ

好棒喔！

Excellent!

15 ပြောတာ အရမ်းကောင်းတယ်။

ㄅㄧㄛ/ㄉㄚˇ/ㄜ/ㄧㄢ:/ㄍㄠ:/ㄉㄜˇ

你說得很好。

Well said.

16 လက်ရေး အရမ်းလှတယ်။

ㄉㄟˋ／一ㄝ：／ㄜ／一ㄢ：／ㄌㄚˋ／ㄉㄜˇ

你的字寫得好漂亮！

Your handwriting is beautiful!

17 ပုံဆွဲတာ အရမ်းလှတယ်။

ㄅㄡˇ／ㄙㄨㄟˋ／ㄉㄚˇ／ㄜ／一ㄢ：／ㄌㄚˋ／ㄉㄜˇ

你畫圖畫得真好！

You draw really well!

18 ဒါဘာလဲ။

ㄉㄚˇ／ㄅㄚ·／ㄌㄝ：

這是什麼？

What is this?

19 ဒါဘယ်လိုဖတ်လဲ။

ㄉㄚˇ / ㄅㄟˇ / ㄌㄨˇ / ㄆㄛ˙ / ㄌㄝː

這個怎麼唸？

How do you read this?

20 ရလား။

ㄧㄚˋ / ㄌㄚː

有沒有問題呢？

Do you have any questions?

21 ရေးတတ်လား။

ㄧㄟː / ㄉㄝˋ / ㄌㄚː

會寫嗎？

Do you know how to write this?

22 နားလည်ပြီလား။

ㄋㄚ：/ ㄌㄝˇ/ ㄅㄧˋ/ ㄌㄚ：

了解了嗎？

Do you understand?

23 ဒီတစ်ပုဒ်တတ်ပြီလား။

ㄉㄧˇ/ ㄉㄜ˙/ ㄅㄡˋ/ ㄉㄜˋ/ ㄅㄧˇ/ ㄌㄚ：

這一題會了嗎？

Do you know how to solve this one now?

24 နားမလည်တာ ရှိရင် မေးပါ။

ㄋㄚ/ ㄇㄜ˙/ ㄌㄝˇ/ ㄉㄚˇ/ ㄒㄧˋ/ ㄧㄣˇ/
ㄇㄝ：/ ㄅㄚˇ

不懂的地方要問喔！

Feel free to ask whenever questions arise!

25 ဒါကို အလွတ်ကျက်ပါ။

ㄉㄚ/ㄍㄨˇ/ㄜ/ㄌㄨˋ/ㄐㄧㄝˋ/ㄅㄚˇ

請把這個背起來。

Please memorize this.

26 မနက်ဖြန် အလွတ်ရေး ရမယ်။

ㄇㄜ/ㄋㄝˋ/ㄆㄧㄝˋ/ㄜ/ㄌㄨ·/ㄧㄟ:/ㄧㄚˋ/ㄇㄜˇ

明天要默寫。

As a quiz, you will need to write this down from memory
tomorrow.

27 ဒါက အိမ်စာ။

ㄉㄚˇ/ㄍㄚˋ/ㄅˇ/ㄙㄚˇ

這是回家作業。

This will be your homework.

28 အိမ်စာရေးရမယ်နော်။

ㄅˇ／ㄙㄚ／一ㄟ：／一ㄚ、／ㄇㄝ／ㄋㆰˇ

要寫回家作業喔！

Make sure to do your homework!

29 အိမ်စာ ရေးပြီးပြီလား။

ㄅˇ／ㄙㄚˇ／一ㄝ／ㄅ一：／ㄅ一ˇ／ㄌㄚ：

作業寫完了嗎？

Have you finished your homework?

30 စာမေးပွဲနီးပြီ။

ㄙㄚˇ／ㄇㄟ：／ㄅㄨㄝˇ／ㄋ一：／ㄅ一ˇ

要考試了！

Time for a quiz!

31 စာကြိုးစားနော်။

ㄙㄚˇ／ㄐㄧㄡ：／ㄙㄚ：／ㄋㄛˇ
要用功讀書喔！
Study hard!

32 တန်းစီရအောင်။

ㄌㄢ：／ㄒㄧˇ／ㄧㄚ丶／ㄠˇ
來排隊。
Come line up.

33 ဆရာမနောက်က လိုက်ခဲ့ပါ။

ㄙㄜ／ㄧㄚˇ／ㄇㄚ·／ㄋㄠˇ／ㄍㄠ丶／ㄌㄢ丶／ㄎㄝ丶／ㄅㄚ·
請跟著老師後面走。
Please follow your teacher.

01 ကျောင်းဆင်းပြီ။

ㄐㄧㄠ:／ㄙㄣ:／ㄅㄧㄝˇ
下課囉！
Time for a break!

02 တံမြက်စည်း လှဲချိန်ရောက်ပြီ။

ㄉㄢˇ／ㄅㄧㄝˋ／ㄙㄧ:／ㄉㄟ:／ㄑㄩㄝˇㄧㄠˋ／ㄅㄧˇ
打掃時間到了！
Time to clean up the classroom!

03 ဘယ်နှစ်တန်းလဲ။

ㄅㄟˇ／ㄋㄝˋ／ㄉㄢ:／ㄉㄝ:
你幾年級？
Which grade are you in?

04 ဘယ်ဘာသာ စိတ်ဝင်စားလဲ။

ㄅㄟˇ/ㄅㄚˇ/ㄉㄚˇ/ㄙㄝ ˋ/ㄨㄟˇ/ㄙㄚ :/ㄌㄝ :

你對哪一個科目有興趣？

Which subject are you interested in?

05 မောင်နှမ ဘယ်နှစ်ယောက်ရှိလဲ။

ㄇㄠˇ/ㄋㄛ ·/ㄇㄚ ·/ㄅㄝˇ/ㄋㄝ/ㄧㄠ ˋ/ㄒㄧ ˋ/ㄌㄝˇ

你有兄弟姊妹嗎？

Do you have brothers and sisters?

06 ဘယ်မှာနေလဲ။

ㄅㄟˇ/ㄇㄚˇ/ㄋㄧˇ/ㄌㄝ :

你家住哪裡？

Where do you live?

07 ဘယ်သူကျောင်းပို့ လဲ။

ㄅㄟˇ/ㄉㄨˇ/ㄐㄩㄠ:/ㄅㄡˋ/ㄌㄝ:

誰送你來上學？

Who takes you to school?

08 အိမ်သာတက်ပြီးတိုင်း လက်ဆေးပါ။

ㄅˇ/ㄉㄚˇ/ㄉㄝ・/ㄅ一:/ㄉㄞ:/ㄉㄝˋ/ㄙㄟ:/ㄅㄚˇ

上完廁所要洗手！

Wash your hands after using the bathroom.

09 ထမင်း မစားခင် လက်ဆေးပါ။

ㄊㄜ/ㄇ一:/ㄇㄜ・/ㄙㄚ:/ㄎ一・/ㄉㄝ・/ㄙㄟ:/ㄅㄚˇ

吃飯前要洗手！

Wash your hands before meals!

10 မနက်စာ စားပြီးပြီလား။

ㄇㄜ／ㄋㄝˋ／ㄙㄚˇ／ㄙㄚ：／ㄅㄧ：／ㄅㄧˇ／ㄌㄚˇ

吃早餐了嗎？

Have you had breakfast?

11 ဓါတ်ပုံရိုက်မယ်၊ပြီးပြီးလေး။

ㄉㄝ・／ㄅㄨㄥˇ／ㄧㄞ・／ㄇㄟˋ／ㄅㄩㄥ：／ㄅㄩㄥ：／ㄌㄟ：

要拍照了！笑一個喔！

Time to take a picture! Smile!

12 ပြီးလိုက်ရင် အရမ်းချစ်ဖို့ ကောင်းတယ်။

ㄅㄩㄥ：／ㄌㄞˋ／ㄧㄣˇ／ㄜ／ㄧㄢ：／ㄑㄧˋ／ㄆㄡˇ／
ㄍㄠ：／ㄉㄜˇ

你笑起來很好看！

You look great when you smile!

③

── 放學 ──

01 အဖေ လာကြိုပြီ။

ㄜ·/ㄆㄧˇ/ㄌㄚˇ/ㄐㄧㄡˇ/ㄅㄧˇ

爸爸來接你了！

Your dad is here to pick you up!

02 လမ်းကို သတိနဲ့ သွားပါ။

ㄌㄢ:/ㄍㄨˇ/ㄌㄜ/ㄌㄧˋ/ㄋㄝˋ/ㄌㄨㄚ:/ㄅㄚ·

路上小心！

Pay attention to safety on your way home.

03 မနက်ဖြန် ကျောင်းစောစော လာနော်။

ㄇㄜ/ㄋㄝˋ/ㄆㄧㄢˇ/ㄐㄧㄠ:/ㄙㄛ:/ㄙㄛ:/
ㄌㄚˇ/ㄋㄛˇ

明天早點來上學喔！

Come to school earlier tomorrow!

04 နောက်နှစ် ပြန်တွေ့ မယ်။

ㄋㄠˊ/ㄋㄝˊ/ㄅㄧㄝˊ
ㄉㄨㄟˋ/ㄇㄝˇ

明年見！

See you next year!

PART 6
宗教

　　緬甸是一個佛教國家，走在路上總會看到很多比丘及比丘尼，所以經常有機會需要和他（她）們對話。在緬甸語中，和一般人對話的用語，與和佛教人士對話的用語不太一樣。本節將介紹一些常見的稱呼，以及和佛教人士對話時的用語。

① 與佛教人士對話時的稱呼

🔊 MP3-23

01 ဘုန်းဘုန်း

ㄆㄥ:/ㄆㄥ:

您（一般人對比丘的稱呼）

"Phone-phone" is used to address a Buddhist monk.

02 ဆရာတော်ကြီး

ㄙㄟ/ㄧㄚˇ/ㄉㄡˇ/ㄐㄧ:

您（一般人對寺廟住持或年紀較長的比丘的稱呼）

"Sa-yar-daw-gie" is used to address an abbot or a senior monk.

03 ဦးဇင်း 或 ဦးပဇင်း

ㄨ:/ㄙㄥ:或ㄨ:/ㄅㄥ/ㄙㄥ:

您（一般人對較年輕的比丘（20 幾歲）的稱呼）

"U-zin" or "U-pa-zin" is used to address a young monk
(above the age of 20).

04 ကိုရင်

ㄍㄡˇ/ㄧㄣˇ

您（一般人對小沙彌（未滿 20 歲）的稱呼）

"Ko-yin" is used to address a novice monk (below the age of 20).

05 တပည့်တော်

ㄉㄜ/ㄅㄧˋ/ㄉㄡˇ

我（一般男性與比丘對話時，對自己的稱呼）

When speaking to a monk, a male would refer to himself as "Ta-pae-taw".

06 တပည့်တော်မ

ㄉㄜ/ㄅㄧˋ/ㄉㄡˇ/ㄇㄚˋ

我（一般女性與比丘對話時，對自己的稱呼）

When speaking to a monk, a female would refer to herself as "Ta-pae-taw-ma".

PART6 宗教

07 ဆရာတော်

ㄙㄟˊ / ㄧㄚˇ / ㄉㄡˇ

您（比丘對比丘之間的稱呼）

Monks address each other as "Sa-yar-taw".

08 ဒကာကြီး

ㄉㄜ / ㄍㄚˇ / ㄐㄧ：

您（比丘對一般男性的稱呼）

Monks address a male as "Da-kar-gie".

09 ဒကာမကြီး

ㄉㄜ / ㄍㄚˇ / ㄇㄚ丶 / ㄐㄧ：

您（比丘對一般女性的稱呼）

Monks address a female as "Da-kar-ma-gie".

10 သီလရှင်

ㄉㄧˇ/ㄌㄚˋ/ㄒㄧㄥˇ

她（一般人對比丘尼的稱呼）

"Ti-la-shin" is used to address a Buddhist nun.

11 ဆရာလေး

ㄙㄟˇ/ㄧㄚˇ/ㄌㄟ：

您（比丘尼對比丘尼之間的稱呼）

Nuns address each other as "Sa-yar-lay".

---

01 မွန်ပါ့ဘုရား： 或 တင်ပါ့ဘုရား：

ㄇㄢˊ／ㄅㄚ丶／ㄆ／ㄧㄚ：或 ㄉㄧㄅˊ／ㄅㄚ丶／ㄆ／ㄧㄚ：

是的。

Yes.

---

02 မနက် ဘယ်အချိန်ဘုရားဝတ်ပြုလဲ။

ㄇㄜ‧／ㄋㄝ‧／ㄅㄟˋ／ㄜ／ㄑㄧㄅˊ／ㄆ／ㄧㄚ：／
ㄨㄟ‧／ㄅㄧㄡ丶／ㄉㄝ：

幾點做早課呢？

When does the morning recitation begin?

---

03 ၁ရက် ဘယ်နကြိမ် ဘုရားဝတ်ပြုလဲ။

ㄉㄜ‧／ㄧㄝ‧／ㄅㄜˋ／ㄋㄜ／ㄐㄧㄅˊ／ㄆ／ㄧㄚ：／
ㄨㄟ‧／ㄅㄧㄡ丶／ㄉㄝ：

一天念幾次經呢？

How many times are recital sessions held in a day?

04 ဘယ်အချိန် အရုဏ်ဆွမ်း စားလဲ။

ㄅㄟˋ/ㄊ/ㄑㄧㄅˇ/ㄚˋ/ㄩㄥˇ/ㄙㄥ:/ㄙㄚˇ/ㄌㄝ:

幾點吃早餐呢？

When is breakfast served?

05 ဘယ်အချိန် နေ့ဆွမ်း စားလဲ။

ㄅㄟˋ/ㄊ/ㄑㄧㄅˇ/ㄋㄟˋ/ㄙㄥ:/ㄙㄚˇ/ㄌㄝ:

幾點吃午餐呢？

When is lunch served?

06 သုံးဆောင်တော်မူပါဘုရား။
或 ဘုဉ်းပေးတော်မူပါဘုရား။

ㄉㄨㄥ:/ㄙㄠˇ/ㄌㄛˇ/ㄇㄨˇ/ㄅㄚˇ/ㄆㄧㄚ:
或 ㄆㄥ:/ㄅㄟ:/ㄌㄛˇ/ㄇㄨˇ/ㄅㄚˇ/ㄆㄧㄚ:

師傅，請吃飯。

Your meal is ready, Master.

PART6 宗教

07 ဘုန်းဘုန်း ကြလာပြီ။

ㄆㄛ ˋ/ ㄆㄛ ˋ/ ㄐㄩㄚ ˋ/ ㄌㄚ ˇ/ ㄅㄧ ˇ

師傅來了。

Here comes the Master.

08 ဘုန်းဘုန်း ဆွမ်းခံကြလာပြီ။

ㄆㄛ ˋ/ ㄆㄛ ˋ/ ㄙㄨㄥ ˋ/ ㄎㄢ ˇ/ ㄐㄩㄚ ˋ/ ㄌㄚ ˇ/ ㄅㄧ ˇ

師傅出來托缽化緣了！

The Master is here to seek alms.

09 ဘုန်းဘုန်း ဘယ်အချိန် ဆွမ်းခံကြလဲ။

ㄆㄛ ˋ/ ㄆㄛ ˋ/ ㄅㄝ ˇ/ ㄜ/ ㄑㄧㄅ ˇ/ ㄙㄨㄣ ˋ/ ㄎㄢ ˇ/
ㄐㄩㄚ ˋ/ ㄌㄝ ˋ

師傅，您幾點出去托缽化緣？

When do you go out to seek alms?

10 ဘုန်းဘုန်း ဘယ်အချိန် ကျိန်းစက်လဲ။

ㄆㄥ:/ㄆㄥ:/ㄅㄟˇ/ㄜ/ㄑㄧㄅˇ/ㄐㄧㄅ:/ㄙㄜ·/ㄌㄝ:

師傅，您幾點睡覺？

When do you go to bed, Master?

11 ဆရာလေးတွေ ဆွမ်းဆန်ခံ လာပြီ။

ㄙㄜ/ㄧㄚˇ/ㄌㄟ:/ㄉㄨㄟˇ/ㄙㄨㄥ:/ㄙㄢˇ/
ㄎㄢˇ/ㄌㄚˇ/ㄅㄧˇ

比丘尼們出來化緣了。

The nuns are here to seek alms.

12 ဘုရားဖူးသွားရအောင်။

ㄆㄜˇ/ㄧㄚ:/ㄆㄨ:/ㄉㄨㄚ:/ㄧㄚˋ/ㄠˇ

來去拜佛吧！

Let's go worship!

13 တပည့်တော်တို့ ကို ခွင့်ပြုပါအုံး။

ㄉㆤ / ㄅㄧ ˋ / ㄉㄡ ˇ / ㄉㄡ ˋ / ㄍㄡ ˇ / ㄎㄨㄣ ˋ / ㄅㄧㄨ ˋ / ㄅㄚ ˇ / ㄥ :

請准許我們先離開。

Please allow us to leave.

14 တပည့်တော် ဒီသက်န်းကိုကပ်လှူ ပါတယ်။

ㄉㆤ / ㄅㄧ ˋ / ㄉㄡ ˇ / ㄉㄧ ˇ / ㄉㄧㄥ ˇ / ㄍㄢ : / ㄍㄨ ˇ / ㄍㆤ · / ㄉㄨ ˇ / ㄅㄚ ˇ / ㄉㆤ ˇ

我要捐贈這件袈裟。

I would like to donate this robe.

15 ဘုန်းဘုန်းကိုဦးတင်ပါတယ်။

ㄆㄥ : / ㄆㄥ : / ㄍㄡ ˇ / ㄨ : / ㄉㄧㄥ ˇ / ㄅㄚ ˇ / ㄉㆤ ˇ

向您行跪拜禮。

I will now prostrate to you.

16 သာဓု၊သာဓု၊သာဓု။

ㄉㄚˇ/ㄉㄨˋ/ㄉㄚˇ/ㄉㄨˋ/ㄉㄚˇ/ㄉㄨˋ

善哉！善哉！善哉！

A good deed has been done.

17 ဘုရား၊တရား၊သံဃာ

ㄆㄜˋ/ㄧㄚːˋ/ㄉ·/ㄧㄚːˋ/ㄉㄤˊ/ㄍㄚˇ

佛法僧

Three Jewels (the Buddha, the Dharma, the Sangha)

18 ကျွန်တော် ဒီနေ့ ၅ ပုသ် စောင့်တယ်။

ㄐㄩㄣˇ/ㄉㄛˇ/ㄉㄧˇ/ㄋ�ㄟˋ/ㄨˋ/ㄅㄡˋ/
ㄙㄨㄠˋ/ㄉㄜˇ

我今天守五戒。

I am following the Five Precepts today.

國家圖書館出版品預行編目資料

急用！緬甸語即用短句 / 葉碧珠著
-- 初版 -- 臺北市：瑞蘭國際 , 2020.05
144 面 ; 17 × 23 公分 --（繽紛外語 ; 96）
ISBN：978-957-9138-76-5（平裝）

1. 緬甸語 2. 會話

803.7288　　　　109004357

繽紛外語系列 96

急用！
緬甸語即用短句

作者｜葉碧珠
英文翻譯｜鄧元婷
責任編輯｜鄧元婷、王愿琦
校對｜葉碧珠、鄧元婷、王愿琦

緬甸語錄音｜葉碧珠
英文錄音｜Ted Yang
中文錄音｜潘治婷
錄音室｜采漾錄音製作有限公司
美術設計｜劉麗雪
美術插畫｜Syuan Ho

瑞蘭國際出版

董事長｜張暖彗 · 社長兼總編輯｜王愿琦
編輯部
副總編輯｜葉仲芸 · 副主編｜潘治婷 · 文字編輯｜鄧元婷
美術編輯｜陳如琪
業務部
副理｜楊米琪 · 組長｜林湲洵 · 專員｜張毓庭

出版社｜瑞蘭國際有限公司 · 地址｜台北市大安區安和路一段 104 號 7 樓之一
電話｜(02)2700-4625 · 傳真｜(02)2700-4622 · 訂購專線｜(02)2700-4625
劃撥帳號｜19914152 瑞蘭國際有限公司
瑞蘭國際網路書城｜www.genki-japan.com.tw

法律顧問｜海灣國際法律事務所　呂錦峯律師

總經銷｜聯合發行股份有限公司 · 電話｜(02)2917-8022、2917-8042
傳真｜(02)2915-6275、2915-7212 · 印刷｜科億印刷股份有限公司
出版日期｜2020 年 05 月初版 1 刷 · 定價｜320 元 · ISBN｜978-957-9138-76-5

 本書採用環保大豆油墨印製

 瑞蘭國際

瑞蘭國際